CATALOGUE

D'UNE JOLIE RÉUNION

DE

TABLEAUX ANCIENS

DES ÉCOLES FRANÇAISE, FLAMANDE, HOLLANDAISE & ITALIENNE

Provenant de la Galerie de M. de G...

ET DE

RICHES AMEUBLEMENTS

DENTELLES & BRONZES

DONT LA VENTE AURA LIEU

Par suite du départ de Mme P. et du changement de domicile de M. V. P.

HOTEL DES COMMISSAIRES-PRISEURS

RUE DROUOT, 5

SALLE N° 2, AU PREMIER ÉTAGE

Les Mercredi 19 et Jeudi 20 Mars 1862, à 1 heure

Par le ministère de M^e **Ch. LAINNE**, Commissaire-Priseur,
rue Richer, 49,

Assisté de M. **DHIOS**, Expert, rue Le Peletier, 33,

Chez lesquels se distribue le Catalogue.

EXPOSITION PUBLIQUE

Le Mardi 18 Mars 1862, de une heure à cinq heures.

PARIS

RENOU & MAULDE

IMPRIMEURS DE LA COMPAGNIE DES COMMISSAIRES-PRISEURS
Rue de Rivoli, 144.

—

1862

CATALOGUE

D'UNE JOLIE RÉUNION

DE

TABLEAUX ANCIENS

DES ÉCOLES FRANÇAISE, FLAMANDE, HOLLANDAISE & ITALIENNE

Provenant de la Galerie de M. de G...

ET DE

RICHES AMEUBLEMENTS

DENTELLES & BRONZES

DONT LA VENTE AURA LIEU

Par suite du départ de Mme P. et du changement de domicile de M. V. P.

HOTEL DES COMMISSAIRES-PRISEURS

RUE DROUOT, 5

SALLE N° 2, AU PREMIER ÉTAGE

Les Mercredi 19 et Jeudi 20 Mars 1862, à 1 heure

Par le ministère de M^e Ch. **LAINNÉ**, Commissaire-Priseur,
rue Richer, 49,

Assisté de M. **DHIOS**, Expert, rue Le Peletier, 33,

Chez lesquels se distribue le Catalogue.

EXPOSITION PUBLIQUE

Le Mardi 18 Mars 1862, de une heure à cinq heures.

PARIS

RENOU & MAULDE

IMPRIMEURS DE LA COMPAGNIE DES COMMISSAIRES-PRISEURS
Rue de Rivoli, 144.

1862

CONDITIONS DE LA VENTE.

Elle se fera au comptant.

Les adjudicataires paieront CINQ centimes par franc, applicables aux frais, en sus des enchères.

DÉSIGNATION

DES

TABLEAUX

ÉCOLE FRANÇAISE

BAPTISTE.

1 — Fleurs dans un vase de cristal.

BONNINGTON.

2 — Portrait de grande dame anglaise en costume de l'époque de Louis XIV.

BOURDON (Sebastien).

3 — Prédication de saint Jean.

COYPEL (Antoine).

4 — La Toilette de Diane.

DU MÊME

5 — Le Triomphe d'Amphitrite. Composition capitale.

DU MÊME.

6 — Le Triomphe d'Amphitrite.

CICERI (Signé).

7 — Les Bords de la Marne.

CRÉPIN

8 — Deux dessus de porte : les Amusements cham-
pêtres. (Pastiches de Téniers.)

DAVID (Ecole de).

9 — Épisode de l'histoire romaine. (Esquisse.)

DEMARNE.

10 — Paysage avec bestiaux gardés par des bergères.

DUPLESSIS-BERTAUT.

11 — Cavaliers sur une route. Au loin, on distingue
divers chariots de transport.

FONTALARD.

12 — Deux jeunes filles, au milieu d'un paysage, sont
attentives au vol de deux papillons.

GREUZE (J.-B.).

13 — La petite Paresseuse. Tête de jeune fille coiffée
d'un mouchoir. (Dessin au pastel d'une touche très-spirituelle.

HUET (J.-B.).

14 — La Toilette de la Bergère.

LAGRENÉE.

15 — L'Extase.

LEBRUN (Ch.).

16 — Conversion de saint Paul.

LEBRUN (École de).

17 — Le Christ sur la croix.

LEMOINE.

18 — Tableau allégorique : Vénus couronnée de fleurs
par les Amours.

LEPRINCE (Jean-Baptiste).

19 — La Sérénade.

Charmante composition de ce maître.

LOO (Van).

20 — Jeune dame de qualité entourée d'une guirlande
de fleurs.

DU MÊME.

21 — Portrait d'une jeune dame de qualité en costume de l'époque de Louis XV.

MIGNARD.

22 — Portrait de Mme de Grignan.

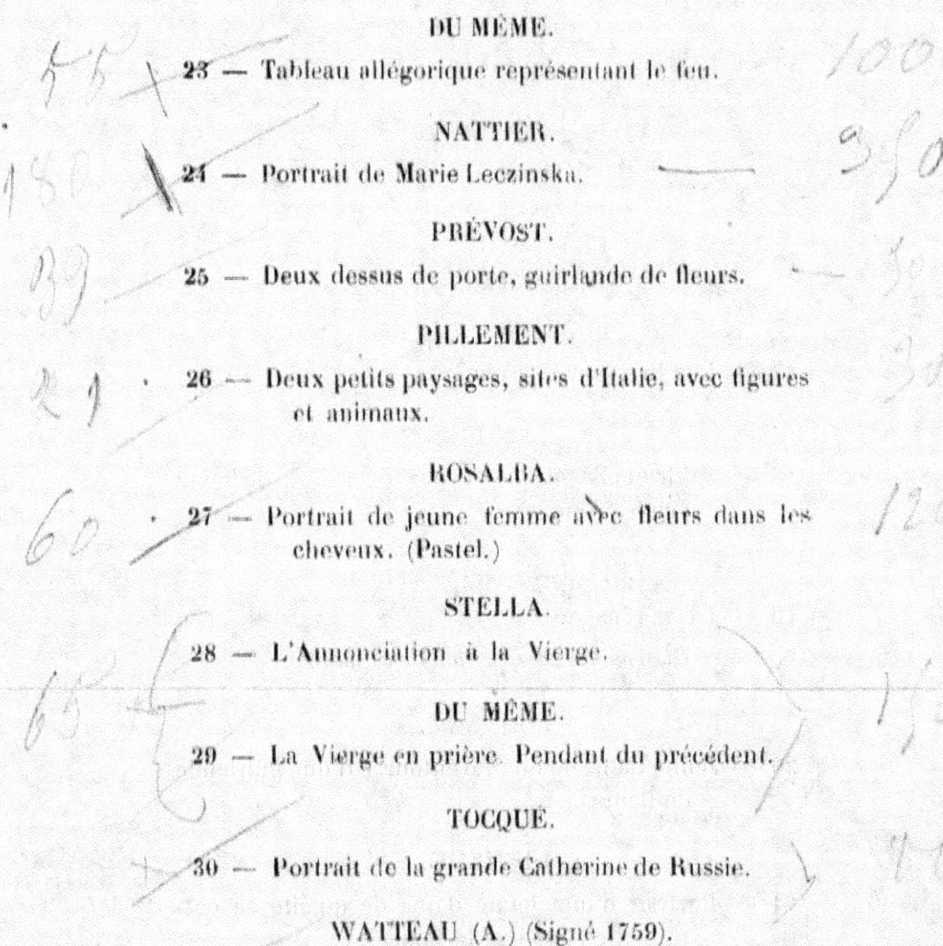

DU MÊME.

23 — Tableau allégorique représentant le feu.

NATTIER.

24 — Portrait de Marie Leczinska.

PRÉVOST.

25 — Deux dessus de porte, guirlande de fleurs.

PILLEMENT.

26 — Deux petits paysages, sites d'Italie, avec figures et animaux.

ROSALBA.

27 — Portrait de jeune femme avec fleurs dans les cheveux. (Pastel.)

STELLA.

28 — L'Annonciation à la Vierge.

DU MÊME.

29 — La Vierge en prière. Pendant du précédent.

TOCQUÉ.

30 — Portrait de la grande Catherine de Russie.

WATTEAU (A.) (Signé 1759).

31 — Paysage avec figures et animaux. Effet d'orage.
— Ce tableau, par sa touche fine et spirituelle, rappelle les paysages de Rubens.

WATTEAU (École de).

32 — Danse champêtre, Conversation galante.
Dessus de porte faisant pendant.

WILLE 1E FILS.

33 — La Consultation.

WILLE LE FILS.

34 — Le galant Buveur.

ÉCOLE FRANÇAISE.

35 — Portrait de jeune dame, costume de l'époque de
Louis XVI. (Pastel.)

ÉCOLE FRANÇAISE.

36 — La Serinette. (Pastel.)

ÉCOLE FRANÇAISE.

37 — Portrait de dame, époque Louis XIV.

A. C. (Signé), 1795.

38 — Figure de l'Amour.

39 — Paysage avec cascades et chute d'eau.

ÉCOLES FLAMANDE & HOLLANDAISE

AELST (Van).

40 — Oiseau mort.

ASSELYN.

41 — Paysage; sur le devant du tableau, des animaux conduits par des bergers vont traverser un gué.

BACKUYSEN.

42 — Navires en pleine mer; commencement d'orage.

BOL (Ferdinand).

43 — Portrait de la mère de Rembrandt.

BREUGHEL.

44 — Paysage avec rivière sur laquelle se trouvent plusieurs barques de pêcheurs.

DELEN (Van).

45 — Intérieur d'un palais avec personnages

DIÉTRICY.

46 — La Comédie italienne.

DU MÊME.

47 — Fête champêtre. (Pendant du précédent.)

DYCK (Van).

48 — Saint en adoration devant la Vierge et l'Enfant
Jésus.

DYCK (Van) (École de).

49 — La Vierge et l'Enfant Jésus.

DU MÊME.

50 — La sainte Vierge allaitant l'Enfant Jésus.

DU MÊME.

51 — Le Christ mort entouré des Saintes Femmes.

GOYEN (Van).

52 — Paysage animé de figures et animaux.

DU MÊME.

53 — Rivière avec barques.

HEMSKEERK.

54 — Concert bachique.

KESSEL (Van).

55 — Fruits divers posés sur une table couverte d'un
tapis.

DU MÊME.

56 — Paysage avec moulin.

MAAS (N.).

57 — Portrait de jeune princesse coiffée de plumes;
elle se lave les mains à une fontaine.

MOLINS (DE).

58 — La Cour de Louis XIV à Versailles.

MONPER.

59 — Paysage; sur le premier plan, un homme est
dévalisé par des brigands.

DU MÊME.

60 — Paysage; sur le devant, le bon Samaritain vient
secourir un malheureux.

DU MÊME.

61 — Pendant du précédent.

MOUCHERON.

62 — Environs de Rome. Paysage orné de figures et
animaux. Effet de soleil couchant.

MYN (VAN DER), signé 1779.

63 — Portrait de jeune dame en costume de l'époque
de Louis XVI.

OSTADE (Manière de).

64 — Cabaret hollandais.

PALAMÈDES.

65 — La Partie carrée.

RUBENS (D'après).

66 — Chasse au sanglier.

STAVEREN (Van).

67 — Saint Jérôme.

SCHOWAERTS.

68 — Intérieur de bois orné d'un grand nombre de figures.

STRY (Van).

69 — Animaux au pâturage.

TÉNIERS (père).

70 — L'Alchimiste dans son laboratoire.

WERF (Adrien van der).

71 — Portrait de femme.

WETH (de).

72 — Une jeune fille, assise au milieu d'un paysage, est entourée d'enfants qui lui offrent des fleurs.

H. T. B. (1629).

73 — Homme caressant son chien, figure pleine d'expression.

ÉCOLES ITALIENNE & ESPAGNOLE

CASTIGLIONE (Benedette).

74 — Marchand arménien étalant divers produits
d'Orient. Tapis, orfévrerie et autres.

CARRACHE (Louis).

75 — Jeune mère et son enfant.

BOLOGNÈSE (Grimaldi).

76 — Paysage-Marine orné de figures.

LOCATELLI.

77 — Paysage avec bergers gardant des bestiaux près
de ruines.

DU MÊME.

78 — Paysage des environs de Rome, orné de figures.

MOLA (P. F.)

79 — Sainte Famille.

ORIZONTI.

80 — Grand et beau paysage.

DU MÊME.

81 — La Famille de Noë.

RIBÉRA.

82 — Ermite en prière.

TITIEN (École de).

83 — Groupe d'Amours.

ÉCOLE ITALIENNE.

84 — Paysage avec soldats sur le premier plan.

ÉCOLE DE PARME.

85 — La Madeleine visitée par deux anges.

ÉCOLE ALLEMANDE.

86 — Paysage, vue des bords du Rhin.

DENTELLES

Guipure, Chantilly, application, Bruxelles, Malines, etc.

Cachemire de l'Inde, fond noir.

MEUBLES

Salle à manger en chêne et palissandre, buffet-étagère, chaises, table.

Chambre à coucher : Couchette, armoire à portes pleines, table de nuit, toilette acajou.

Salon : Un meuble en palissandre à médaillons recouverts en damas de soie jaune, composé de onze pièces.

Un meuble damas de soie rouge, composé de sept pièces.

Bronzes : Pendules, deux candelabres, lustres.

Tapis, rideaux.

Un piano palissandre.

Porcelaines.

Batterie de cuisine.

RENOU et MAULDE, imprimeurs de la Compagnie des Comissaires-Priseurs.
rue de Rivoli, 144.   10406

RED. :

17

0 1 2 3 4 5 6 7 8 9 10

BIBLIOTHEQUE NATIONALE DE FRANCE

****

CHATEAU DE SABLE

1995